RASTRO DE LOS RECUERDOS

Luis José Mata

ISBN-13: 978-1-63065-087-2
ISBN-10: 1-63065-087-0

PUKIYARI EDITORES
www.pukiyari.com

A Yolanda, mi tía.

Índice

CAPÍTULO UNO

Anabela, la historiadora sensible

Sentada sobre un baúl a tres cuartos del siglo pasado, Anabela Boccheti recordaba las aventuras de Mero, su abuelo añorado, cuando él navegaba su lancha tipo peñero alrededor de las complicadas aguas del mar de una bonita isla caribeña. Anabela vivía en Pals, un pequeño pueblo medieval de la Costa Brava, lugar donde había comenzado su gran lucha, siendo muy joven, por los pobres inocentes que se la pasaban por las calles buscando algo que comer.

—En ese momento, el hambre en Pals estaba a la vuelta de la esquina —comentaba Tiburcio, cuando conversaba con Anabela, en una de las nuevas terrazas, recientemente abiertas en las aceras de las calles que estuvieron destruidas durante muchos años.

—Sí —y enfatizó—: el único mensaje en ese periodo era la idea de la revolución contra el hambre. Cambiando de tema… ¿Cómo se llamaba mi abuelo?

—En realidad, no recuerdo su nombre de pila. Como tú sabes, le decían Mero en la magnífica playa donde pescaba todos los días de la semana, quizás por su piel pálida.

Mero había construido una bella casa a la orilla de la playa, entonces algo bastante difícil, ya que la única forma de llegar a Playa Pescador en ese tiempo era por el mar. La casa era de techo alto de palovera, puertas y ventanas de caoba bien trabajada y con espectaculares columnas. El cuarto de "hacer las necesidades" quedaba en el patio trasero y parecía un corral lleno de gallinas e incluso en una oportunidad hubo hasta un morrocoy que terminó, en una Semana Santa, cocinado por la abuela. Todos los que vivían en la casa se duchaban directamente con agua de lluvia. A medida que llovía, en un tanque grande de madera almacenaban el agua y así tenían disponibilidad para surtirse durante los varios meses de sequía.

—En esa misma casa, Anabela, pasaste tus primeros cinco años y de noche, te daba miedo ir hasta el patio trasero —le dijo Tiburcio.

Mero permaneció mucho tiempo en la casa que construyó con mucho esfuerzo, hasta que se ofuscó y desapareció buscando una nueva vida. Su última aventura en Playa Pescador fue la de disparar con una escopeta a unas plantas que se tornaban blancas de noche y que los habitantes del poblado, muy afectos a las hechicerías y maldiciones, pensaban que eran fantasmas. Él recordó, unos minutos antes de finalmente partir del pueblo, las muchas veces que se llevó a Tiburcio, cuando todavía era muchacho, a enseñarle cómo pescar mar adentro.

Días más tarde, Anabela, con su nuevo vestido de algodón color azul, caminaba como de costumbre por las calles de Pals pensando en cómo continuar su nueva batalla por la independencia de Cataluña; ya no necesitaba luchar por los desamparados porque estos casi no existían. Lo importante ahora era ser independentista y recuperar totalmente el lenguaje y la cultura como parte del tejido social. En medio de esos pensamientos prácticos recordó algo importante. *Tengo que preguntarle a Tiburcio, cuando lo vea de nuevo: ¿Cuál era el nombre de mi padre?*

Tiburcio vivía ahora en Barcelona en *L'Eixample*, en la calle Consejo del Ciento. En la esquina con la calle Urgel estaba el Café Berkley, con su ambiente inspirado en los años sesenta, y donde los periódicos del día estaban siempre dispuestos en una bandeja para los clientes. Habitualmente, Tiburcio tomaba allí su desayuno, alrededor de las diez de la mañana; pedía un *croissant* y un café con leche que disfrutaba no solo bebiéndolo calientito, sino también contemplando la figura distinguida, que sobre la espuma le gustaba hacer a la chica que lo atendía en el Berkley. Pagaba, dejando una buena propina, porque pensaba que así ayudaba a los que tenían menos dinero que él y entonces salía a caminar a lo largo de la calle Consejo del Ciento. Buscando en viejos libros aprendió que se llamaba de esa manera en recuerdo a la asamblea de los cien ciudadanos que supervisaron a los magistrados municipales de Barcelona por unos trescientos años, desde su inicio en el siglo XIII.

Del Consejo de Ciento siempre enrumbaba hacia la calle Enrique Granados. Le gustaba admirar los numerosos restaurantes a lo largo de aquella vía; algunos se veían bastante nuevos, aunque lo cierto es que servían de reemplazo a sus predecesores ya desaparecidos; otros, se podría decir tradicionales, guardaban el estilo de cocinar al carbón y hacer verdadera comida del Mediterráneo. La paella de los miércoles en el Restaurante Ponsa, en esa misma calle, era la mejor de Barcelona, especulaba Tiburcio. Pero al comer el pescado del día, recordaba su hermosa y alejada isla, en donde el "pescao" saltaba fresco del agua a la sartén, y cuando —siendo un muchacho ayudante de pesca— conoció a Mero.

Las actividades de Tiburcio no eran muchas, estaba retirado del trabajo, siempre compraba su buena botella de vino en la tienda de la calle Floridablanca y, regularmente, escribía artículos que se publicaban en *La Vanguardia*. Para un próximo artículo estaba pensando narrar situaciones ocurridas a sus amigos en Playa Pescador.

Recordaba muy bien el día en que Mero le pidió que llevara a sus nietas a Europa para ver si viviendo las costumbres, las prácticas, las maneras de ser, los tipos de vestimentas y las normas de comportamiento, lograban asimilar la cultura del viejo continente. Quizás ellas algún día regresarían y ayudarían a mejorar las condiciones de vida de los habitantes de su querido y siempre recordado terruño en el Caribe.

Anabela se preparaba para participar en una conferencia de historia en la cual discutiría con los miembros de un panel, cuáles eran las principales características de vida de los inmigrantes en Barcelona, los cuales llegaban continuamente de Suramérica, y, cuál era la vía más fácil para que aprendieran catalán. Pensaba que, de esa manera, los inmigrantes tendrían una mejor comunicación con los habitantes de Cataluña. Ella era una constante luchadora social, así lo había hecho en Pals por unos cuantos años. También aprovecharía la ocasión, para decir algo sobre su procedencia y dónde pasó sus primeros años de vida.

En el panel estaría Octavio, un joven de origen italiano que vivía en Puertomingalvo; pueblo medieval conveniente para meditar y para disfrutar los platos de trufa en el Restaurante El Dao, atendido por su dueño, don Emilio. Octavio los disfrutaba como un placer sexual. Al llegar al sitio de la reunión se encontró con Anabela, y, al verla, inmediatamente se acordó de que se conocieron en una de las bellas calas de la Costa Brava, y el momento en que él se le acercó cuando ella estaba tendida desnuda, boca abajo, sobre la arena. Al sentirlo ella se levantó lentamente, mostrando todo el esplendor de su cuerpo quemado por el sol y sin siquiera sonrojarse caminó con sus pasitos modulados hacia el mar. Octavio no la siguió con su andar, pero sí con su mirada. Pensó en las trufas del Dao y en el ritmo musical del caminar de Anabela; se preguntó en su lengua materna, *Se lei sarebbe diventata come una pietruzza nella scarpa,* o como dicen en otras partes: *"Como una piedrita en el zapato".*

Sentado sobre una vieja silla en la parte de arriba del Café Berkley Tiburcio se preguntó si cuando falsificó algunos detallitos durante el proceso para obtener su residencia en Barcelona había mistificado el proceso o a sí mismo. Pero terminaba esa discusión interna con un tajante: *No hay mal que por bien no venga.* Siempre recordaba su vida en Playa Pescador, ese pequeño pueblo marino donde vivió unos cuantos años atrás, su gran amistad con Mero y cuando él le pidió que llevara a Anabela y a Sabine a Europa. Tiburcio lamentó que hacía algunos años que no veía a Sabine, aunque sabía que estaba en algún lugar de

Alemania. Le enviaría pronto un mensaje para decirle que le gustaría volver a verla.

Tiburcio vivió en el Born, un barrio de Barcelona en donde se encuentra la catedral de Santa María del Mar. Su apartamento quedaba en una de las calles más estrechas, el *carrer del Mirallers*, una callejuela donde en las puertas de entradas de los pisos se pueden apreciar grafitis coloridos, algunos bien pincelados, con un gran acabado artístico y muy representativo de los problemas sociales y culturales. *En pocos días, llamaré a Anabela para saber cómo le fue por Puertomingalvo*, pensó mientras estudiaba su cara a medida que se afeitaba frente al espejo medio roto de su baño. Ahora Tiburcio estaba feliz viviendo en *L'Eixample*.

Anabela le preguntó a Tiburcio un día sábado que viajó hasta Barcelona para asistir a la exposición de un nuevo pintor de Pals:

—¿Será cierto que los independentistas reflejan el miedo de los pueblos a perder su total identidad ante el modernismo?

Tiburcio, que ese día estaba tan feliz como un tigre libre, le dijo con relación a su pregunta:

—En verdad no tengo la menor idea.

La exposición era en la plaza pública, donde se encuentra el monumento a Cataluña en el Born, el cual fue construido sobre un camposanto. Allí, ambos conocieron al pintor de nombre Evangélico; cuyas pinturas eran muy modernas, con colores agresivos y con representaciones de gatos y liebres. Ellos especularon si aquellas obras intentaban manifestar el mensaje de una nueva cultura artística.

Ambos quedaron menos que impresionados y, para no perder el viaje, decidieron tomar un excelente vino tinto del Piorat y comer un buen jamón serrano en La Vinya del Señor. Aspiraban a conseguir una mesa libre en la terraza enfrente de la catedral de Santa María del Mar, cosa que lograron.

—Anabela, ¿cómo te fue en la reunión en Puertomingalvo?

—Bien, fue una buena experiencia, a muchos le agradó mi posición frente al independentismo, pero algunos reaccionaron negativamente —dijo ella—. ¡Claro!, esto era lo que esperaba, tengo que mejorar mis argumentos, sobre todo en lo relacionado con el componente histórico. Pero lo más interesante es que vi otra vez a Octavio. ¿Recuerdas, Tiburcio, al joven italiano que conocí hace un par de años en una cala cerca de Cadaqués? —Él asintió con la cabeza, sin responder—. Parecía estar muy complacido de verme, sobre todo cuando me dijo: «Caminas como una ola y tu cuerpo siempre brilla». Muy, muy romántico... pero lo dijo mientras fijaba su mirada en mi escote, justo cuando tenía la blusa medio abierta y se dejaba ver parte de mis senos —concluyó divertida.

Muy alegres por volver a verse, Anabela y Tiburcio querían seguir comiendo las buenas tapas de Barcelona y se desplazaron hacia La Viñateria del Call. En tanto esperaban en el bar por una mesa se dedicaron a beber, comer y hablar por largo rato. Anabela comentó que durante la reunión en Puertomingalvo, algunos de los presentes se acercaron y le hicieron interesantes preguntas: «¿Será la lucha por la independencia de Cataluña un proceso que permitirá mejores condiciones para los catalanes?». «¿Piensas qué el independentismo hará que Cataluña tenga un mejor servicio de salud?». «¿Es el servicio de salud, actualmente vigente, un sistema sostenible?». «¿Qué es más beneficioso para los habitantes de Cataluña, aprender castellano y catalán o solamente catalán?». «¿Es el sistema de salud en Alemania muy diferente al actual en España?». Una pregunta de un participante le llamó mucho la atención: «¿Incrementará el turismo en una Barcelona totalmente catalana?».

Mientras Anabela comentaba acerca de su experiencia con los asistentes a la conferencia, Tiburcio la miraba con mucha atención, pensando que las preguntas estaban más dirigidas a cuestiones generales que al proceso de independencia y solo eso afirmó, brevemente. En realidad, lo que quería conversar con Anabela era sobre Mero y la vida de ellos en Playa Pescador. Mientras tanto, saboreaban las tapas y apreciaban el vino que estaban, como siempre, excelentes.

Ella dijo rápidamente, antes de despedirse:

—Qué fácil es para algunos fulanos decir que aumentando tanto los ingresos fiscales como la eficiencia del sistema de salud se resolverán, hoy en día, todos los problemas existentes.

—De acuerdo —dijo Tiburcio y agregó—: hay que dedicarle mucho tiempo a pensar en la solución real o en soluciones innovadoras.

—Hasta pronto, Tiburcio, que pases un buen fin de semana —dijo Anabela y se fue hacia la estación del tren para regresar a Pals.

Anabela se preguntaba si era mejor llamar por teléfono o enviarle una carta a su amigo Alberto, que siempre estaba dispuesto a ayudar, solicitándole ideas que sirvieran para mejorar el sistema de salud. Recordó que se conocieron en un congreso, aunque recientemente se habían comunicado muy pocas veces. Ella recordaba que Alberto no era un tipo superficial y era buen médico y, tal vez, le proporcionaría algunas respuestas ingeniosas.

Anabela se quedó en su habitación, muy cerca de la ventana, para ver entrar la luz de la mañana. Vestía ligeramente. Pensó: *¿Cómo debo comenzar la conversación con Alberto? Quizás sería conveniente iniciarla con dos o tres ideas amplias*, pero de inmediato se dijo: *Aún no las tengo claras en mi mente*. Al cabo de un rato decidió ir a caminar por las calles de Pals, era bastante probable que el estilo medieval del pueblo la ayudara a mejorar sus cavilaciones actuales y enfocarse en su preocupación por mantener las conquistas sociales y las culturales.

Recordó el momento preciso cuando llegó, triste y melancólica, al lugar donde ahora vivía, cuando Tiburcio le dijo:

—Ahora estás en nueva tierra y más sola que antes. No olvides a tu hermana pequeña, que también está en otro lugar muy desolada.

Se tocó el cabello y se acomodó su falda que en ese instante se levantaba rebelde debido al viento fuerte que sopla cada mañana. Pensó que quizás sería mejor caminar por la tarde, sin viento y con la luz del sol desapareciendo.

Así lo hizo la tarde siguiente y regresó rebosante de ideas a la habitación de la casa medieval donde vivía. Se sentó en su vieja silla y frente a su antiguo y amado escritorio comenzó a escribirle una carta a Alberto.

Querido Alberto:
No he sido consecuente contigo, perdona.
Ahora te escribo porque necesito tu ayuda en relación

con las preguntas que escribo abajo, pero primero debo decirte que estoy muy involucrada en la seguridad social, con énfasis en el aspecto de salud en Cataluña, y sé que como médico tus opiniones me serán muy valiosas. Primero que nada, ¿existe una diferencia realmente fuerte entre el sistema de salud de Alemania y el de Cataluña?, ¿los hospitales en Alemania son en su mayoría públicos o privados?, ¿los servicios ambulatorios y consultas funcionan bien o mal en las pequeñas comunidades?, ¿qué tal en tu Mehlem?, ¿son asalariados los médicos en los hospitales? Y, por último, para que el número de preguntas sea impar, ¿cómo son los servicios en los hospitales, las habitaciones son colectivas? Estoy segura de que tus respuestas serán de gran ayuda.

Saludos,

Anabela

Colocó la carta en un sobre, caminó hacia el correo y la envió.

CAPÍTULO DOS

Alberto, un médico de pueblo

Durante el viaje por carretera desde Bonn hasta Mehlem Alberto revisó mentalmente todas las actividades de la semana futura, la cual empezaba para él, como siempre, el sábado por la mañana. Tenía en primer lugar que llamar a su asistente en el hospital, una joven de buena estatura y que siempre estaba sonriendo. Con ella recorrería, para hacer ejercicio, las principales calles de su pequeño pueblo.

Alberto trabajaba en su casa para que también se convirtiera en su consultorio, una vez finalizadas las reformas. Él las hacía con sus propias manos, actuando como un albañil, en especial durante los fines de semana.

Telefoneó a Sabine el viernes en la noche y quedaron en encontrarse el sábado en la vereda que corre a lo largo del río Rhein, a unas dos cuadras de su casa. Sabine era una estudiante y ayudante muy eficiente y, también, muy hermosa. Se movía con gracia y trabajaba con gusto. Estuvo casada hasta hacía poco y ahora andaba en busca de una realidad diferente.

Decidieron caminar por aproximadamente una hora en la dirección aguas arriba del río para llegar hacia donde se había mudado el Restaurante el Toro Perdido, en Turmstrasse. Querían hablar con el dueño, nacido en Albania y casado con una argentina de la Patagonia. El restaurante estuvo una vez situado muy cerca de la actual casa de Alberto y él lo frecuentaba de cuando en cuando. *¿Por qué cambiarían de lugar el restaurante?*, se preguntó Alberto.

—¿Cómo se llama la argentina? y ¿cuándo llegó ella a Mehlem? —le preguntó Sabine.

—Creo que le decían Silvina y, ¿cuándo llegó al pueblo...? Ni la más mínima idea —respondió Alberto.

Durante el camino de regreso vieron que el río comenzó a tener mucho menos caudal y ya se podían ver las rocas en sus laderas. El verano había sido muy intenso y trajo consigo un calor extremo. Sabine y Alberto se sentían bien y disfrutaban, en ese momento, del ambiente misterioso pero colorido de Mehlem.

—¿Cómo te sientes con tu duro trabajo, Alberto? Ojalá no sea demasiado para ti.

—Estoy bien... aunque un poco cansado, recuerda que también tengo que cuidar a los niños cuando mi esposa va a modelar a Colonia. Siempre luce ofensiva y amarga y, cuando está de lo mejor es bastante impulsiva, parece no estar bien con los niños a su alrededor. Sabine se rio y no disparó ningún comentario.

Se lamentaron por no haber podido hablar con Silvina, que había salido a conseguir la buena carne argentina que todavía cocinaban a la parrilla en el Toro Perdido; ni con su marido, que estaba muy ocupado en la cocina del restaurante, haciendo magia, para complacer con la mejor comida a todos los comensales.

Se detenían en la vereda a lo largo del río, de cuando en cuando, a fijarse en las antiguas y hermosas casas construidas después de la Primera Guerra Mundial. «¡Qué majestuosas son esas casas!», dijeron al unísono, mientras continuaron caminando hasta una esquina de la calle Siegfried, Desde allí, miraron hacia la montaña, donde después de la Edad de Hielo apareció un volcán y vieron a lo lejos las ruinas del Dragón. Alberto recordó que Wagner compuso una ópera basada en la historia de Siegfried.

—Mañana domingo podemos ir hasta allá arriba, ¿qué te parece Alberto?

Él sonrió y pensó que tenía que trabajar en la remodelación de la casa para tener por fin su consultorio. Pero le emocionó la sugerencia, así podría estar, una vez más, a solas con Sabine. Dijo: «Quizás sí y podríamos ir en bicicleta».

¿Qué estaría pensando Sabine? Ella era una joven tranquila, pacífica, suave y analítica, con deseos de especializarse en Psicología o Psiquiatría. Regresaron a la casa de Alberto y se despidieron mirándose a los ojos y sonriendo con picardía. Sabine tomó su bicicleta y decidió ir de regreso a su casa en Bad Honnef por la vereda que va aguas abajo a lo largo del río. En la estación de Remagen lo cruzó tomando el pequeño barco transbordador. El recorrido desde el futuro consultorio de Alberto en Mehlem hasta su casa en Bad Honnef se extendía poco más o menos siete kilómetros y lo transitó en casi treinta y un minutos. Un poco más de tiempo que si lo hubiera hecho en la otra dirección, pero así podía ver desde el camino el paisaje y la comarca en la montaña donde se encontraba el hermoso castillo de Rolando, sitio que le sofisticaba sus pensamientos y desde donde, a lo lejos, se veía espectacularmente una pequeña isla donde, con el corazón roto, se había alojado en un convento la novia de Rolando, el sobrino de Carlomagno.

El domingo en la mañana, Sabine regresó a casa de Alberto en su bicicleta, esta vez con pantalones cortos bien apretados y una camisa muy pegada al pecho. En apenas veintiún minutos llegó a casa de él, había decidido tomar el camino más corto. Quería verlo y deseaba visitar los viñedos ubicados en el tope de la montaña, donde, además de disfrutar de un lindo paseo, podía ver desde las ruinas del Dragón hasta el bello Mehlem a la orilla del río.

Tocó el timbre, Alberto había dormido bien y cuando despertó su primera imagen fue la de Sabine. Su esposa regresó en la madrugada, venía de Colonia después de haber disfrutado de una noche de modelaje de sus vestidos coquetos en un conocido sitio de baile. Ya Alberto empezaba a inquietarse por estas rutinas de su mujer y, decidió no trabajar ese domingo en la remodelación de su casa. Se alegró de oír el timbre porque estaba seguro de que era Sabine. Salió rápido a recibirla.

—Me alegro de verte Sabine. ¿Quieres ir al Castillo del Dragón? Al Drachenfels, como dicen en Mehlem. Es un poco lejos, pero tú estás en buena forma y yo necesito hacer ejercicio. También podríamos subir en el funicular, si así lo prefieres.

—No, mejor vamos en la bicicleta, como quedamos ayer —dijo Sabine.

Durante el recorrido no hablaron mucho, ya que debían hacer un gran esfuerzo físico para llegar a la parte alta de la montaña, a una de las siete colinas que siempre estaba llena de árboles centenarios muy frondosos. Una vez allá, para reposar, se sentaron en el primer café que encontraron y Alberto, con algo de disimulo, inclusive antes de sentarse comenzó a fijarse en lo pegado de la camisa que vestía Sabine, insinuando sus delineados senos. Ordenaron un par de birras Gaffel que era la cerveza que más les gustaba a ambos.

—¿Qué tal están los niños y tu esposa? — preguntó Sabine.

—Ellos bien y ella regresó muy en la madrugada de Colonia, estaba modelando... creo... quizás estoy un poco celoso; soy liberal pero no tonto.

Sabine bajó sus hombros y así permitió que sus senos se vieran más expuestos. Caminaron hasta la baranda que impide el paso hacia la parte baja de la ladera que conduce al río Rhein. Desde allí veían claramente las calles de Mehlem, parques con árboles poblados de muchas hojas, un lugar muy cerca de la casa de Alberto cubierto de una grama muy verde y, un poco más a lo lejos, la antigua iglesia del pueblo.

Les atraía mucho la casa del pianista en la calle *Rüdiger*, ya que cuando pasaban frente a ella oían claramente las composiciones de Beethoven. Alberto le dijo a Sabine:

—Me gusta mucho la fantástica cafetería, cerca de mi casa, allí es donde llevo a los niños a deleitarse con las suculentas tortas, ¿te gustaría acompañarnos en algún momento? —le preguntó.

—¡Claro! —contestó ella—. Cuando quieras.

Llegaron en la tarde a Mehlem y se despidieron. Cuando Alberto fue a recoger el correo, se sorprendió y al mismo tiempo se emocionó al encontrar la carta enviada por Anabela. Después de leerla con interés, le telefoneó inmediatamente, diciéndole que iba a Venecia para un evento que era básicamente sobre la pobreza y cómo desarrollar ideas para una vida saludable, allá podrían hablar sobre los temas planteados en su carta. Ella se entusiasmó mucho y acordó encontrarse con él en Venecia.

CAPÍTULO TRES

Alba, la cocinera cosmopolita

A pesar del invierno, en un frío día de enero la madre de Anabela navegaba en una hermosa góndola veneciana por un estrecho canal rumbo a su casa en la calle Fabri. Ella trabajaba desde hacía muchos años en el Bistró de Venecia, justo después de regresar de Isla Ovalada, que siempre la pensaba esplendorosa, y la recordaba con pasión y tristeza.

En el invierno era difícil navegar regularmente en su góndola, entonces ella caminaba por la calle Fabri hacia el Gran Canal y allí, tomaba el *vaporetto* que paraba cerca del *Mercato del Pesce*; siempre vibrante y colorido, especialmente en las mañanas. Hacía esos cortos viajes para asegurarse de que los distribuidores enviaran los mariscos y pescados más frescos al bistró. Allí, ayudaba a preparar los mejores consomés venecianos, imitando a la perfección las combinaciones que sabían hacer los nativos del precioso y apasionante lugar donde había nacido Anabela. Lamentablemente, le hacía falta el ají dulce caribeño para mejorar los *rissotos* venecianos. *Para el comensal, cualquier plato sabe mejor con un buen vino, como el extraordinario Bardolino del Veneto, con su característico aroma a cereza*, pensaba siempre, la *signora* Boccheti.

Muchas veces, antes de regresar al bistró, Alba Boccheti paraba por lo menos en dos bares locales: la Cantina do Morí y la Cantina Do Spade para saborear los *cicchetti venecianos*. En esos mismos sitios solía comer Casanova, cuando vivió en la ciudad en el siglo XV. *Increíble, eso fue un poco antes del descubrimiento por los europeos de Isla Ovalada*, pensaba Alba.

Recordaba Alba cuando, con solo veinticinco años, conoció la casa de Mero a la orilla del mar. Allí aprendió a cocinar usando todos los ingredientes tropicales. La casa para ella era lujosa y moderna. Siempre se preguntaba si Mero era un rico habitante de esa adorada isla, por haber construido una casa moderna y algo lujosa para el momento o simplemente una persona muy trabajadora, y más bien, de clase media, pero con grandes habilidades para la vida. También recordaba que al caminar por la arena cálida podía observar claramente que la miseria no se aliviaba entre los pobres que pescaban en el mar de esa palpitante playa. Mero vivió en una casa bella, pero sin servicio de agua y cocinando al carbón. Los años que pasó Alba en la preciosa isla fueron un inmenso proceso de aprendizaje cultural. Pero lo mejor había sido el nacimiento de Anabela en ese gran lugar.

Una semana después del carnaval veneciano, que coincidió con una extensa inundación de la ciudad, Alba decidió ir a la Iglesia de San Lio, que quedaba muy cerca de la casa donde vivió el pintor Canaletto muchos años atrás y donde también vivió el abuelo de Tiburcio. Ella quería ver, otra vez, el cuadro que dibujó el artista mostrando las casas muy pequeñas, de piedra, donde se vivía muy humildemente, al lado de hermosos palacios del siglo XVII.

Una vez, unos cuantos años antes, el abuelo de Tiburcio le dijo a Alba: «¿Cómo habrá sido la Venecia de siglos atrás?». Y él mismo se respondió: «Seguro como la pintó Canaletto».

En esas pinturas se captaba, casi en vivo, la vida de los pobres, alejados totalmente de cualquier riqueza, pensaba Alba, al atravesar la Plaza de San Marcos en dirección a un bar cercano al antiguo Palacio Gritti. Allí, hace años se reunió con amigos pudientes que la impulsaron y ayudaron a realizar su viaje a Isla Ovalada para ver si la pobreza en aquel lugar era comparable con la existente en el siglo XVII en Venecia. También la motivaron para que dedicara tiempo a aprender las costumbres típicas de la cocina en la isla.

Ellos especulaban que si se aplicaran los mismos métodos políticos y culturales que durante siglos se pusieron en práctica en Venecia, quizás se podría aliviar la pobreza en la isla. Meses más tarde, en un día de verano, partió Alba en uno de los barcos que hacía la travesía del Atlántico al Nuevo Mundo. Y fue allí, en la isla encantadora, donde aprendió muchas cosas de cocina que aplicaba a la comida veneciana.

Ahora, después de algunos años, los burgueses pudientes estaban organizando e invitando a un evento en la plaza cerca del modesto Hotel Al Codega. Pensaban ellos que los invitados podrían conversar, sentados al aire libre, en los abundantes taburetes de la plaza y convenientemente dormir en el hotel que era atendido por los propios dueños. Anabela y Alberto habían aceptado la invitación y se alegraron mucho de que podrían hablar de manera distendida sobre los temas pendientes planteados por ella. Así lo hicieron al llegar al evento y aprovecharon también para festejar su nuevo encuentro. Buscaron una botella de vino tinto en unos de los quioscos en las inmediaciones de la plaza.

Alberto comenzó diciendo que se sentía muy feliz de ejercer su profesión de médico en la pequeña comunidad donde vivía.

—Después de leer tu carta, llegué a unas muy simples respuestas a tus interesantes preguntas e igualmente me fijé en la idea de comparar actitudes y aspectos: el sistema de salud es prácticamente igual en todos los países de Europa, en Alemania hay hospitales públicos y privados. Como sabes, trabajo en una pequeña comunidad y allí el servicio de salud es excelente, los médicos perciben el salario directamente del gobierno y atienden un número limitado de pacientes. En los hospitales, la mayoría de las habitaciones son colectivas, pero en las clínicas privadas existen habitaciones individuales.

—Excelente información, —dijo sonriendo satisfecha y agregó—: por cierto, ¿sigues con Sabine como asistente?

—Sí, claro —respondió asintiendo al mismo tiempo con la cabeza.

—Dile, por favor, cuando la veas a tu regreso, que estoy planificando ir a nuestro recordado terruño algún día del próximo siglo, tal como le dije la última vez que hablamos.

CAPÍTULO CUATRO

Mero el navegante y
Eustaquio el visitante

Para alejarse de las costumbres arcaicas de Playa Pescador, Mero se embarcó solitario en su peñero para dar unas cuantas vueltas por el mar. Se exponía a un intenso sol a pesar del toldo que le había colocado recientemente a su embarcación.

Navegó rumbo a la playa donde Marciana vendía los mejores mejillones de la isla. Allí comió por primera vez después de su salida. Recogió un poco de agua fresca y en un pipote le colocaron unos cuantos mejillones y una langosta recién sacada del mar. En esta parada solo habló con ella. Le pagó con unas moneditas de oro. Caminando sobre la arena retornó al mar y hacia su embarcación con el pipote en el hombro, embarcó y empezó a trajinar de nuevo.

No había planificado ninguna otra parada en tierra firme por el resto del día o de la noche. Después de unas pocas horas comenzó la oscuridad y decidió detenerse en el medio del mar, en ese momento con olas tranquilas. Lanzó el ancla para asegurar el peñero. Se sentó en la popa y dijo para sí mismo, sin buscar mucha explicación: *Nunca es tarde si la dicha es buena.* Estaba cansado y se quedó dormido en pocos minutos en el limitado espacio que tenía.

Unas cuantas horas después sintió el peñero oscilar y despertó. Las olas no estaban como al comienzo de la noche. El viento soplaba fuerte en dirección contraria a como había venido navegando Mero. El mar lucía despierto. Decidió esperar hasta el día siguiente, ya era muy tarde en la noche para continuar viajando, simplemente trató de dormirse otra vez.

Al día siguiente, con un mar tranquilo, comenzó a rodear la parte este de la isla, pasó frente a la playa de Puerto Real y no se detuvo, si no que continuó su viaje hasta Playa Dorada. Esperaba que allí nadie lo reconociera, lo que era muy posible, pues siempre estaba llena de turistas europeos. Verlos le hacía pensar acerca de lo lejos que estaban de él sus nietas Anabela y Sabine.

Mientras reposaba en el peñero, con el motor apagado, su mente pasaba a un estado algunas veces de casi completo abandono. Al volver a activar sus pensamientos, se preguntaba: *¿Sería bueno emprender un acto de rebeldía en esta isla cordial para que los siempre humillados al menos despertaran? ¿Qué estará haciendo Tiburcio ahora? ¿Sabrá donde están Anabela y Sabine en este momento?*

Mero se detuvo en un pequeño pueblo de pescadores y agricultores para hablar con ellos. La mayoría eran pobres decentes vendiendo solamente los "pescaos" que agarraban diariamente o recogiendo los abundantes mangos que encontraban en los caminos. Mero había comprendido que charlar con los habitantes que eran verdaderamente oriundos de la isla —los llamados "no navegados"— era algo emocionante; en especial, después de unas buenas cervezas.

En esas reuniones sociales sobre la arena de la playa discutían sobre la falta de agua, el tráfico de las monedas de oro, las pocas películas que recibían en el cine del pueblo, los chismes locales, los crímenes pasionales, la falta de buenos servicios médicos y la inseguridad. En esa ocasión conversaron durante un rato y decidieron volver a reunirse al cabo de unos días. De pronto, Marcela se levantó con un salto.

—Ya me tengo que ir a cuidar a los pequeños, me queda poco tiempo para caminar hasta el centro del pueblo antes de que oscurezca y llegar a casa sin que se me presente peligro alguno —y exclamó—: ¡Cómo se ha pasado el tiempo tan rápidamente!

Marcela hubiera querido avisarle a su marido, diciéndole que ya salía hacia la casa, a pesar de la insistencia de Tomasa para que se quedara por un rato más.

Mero invitó a Tomasa a ir hasta el peñero para disfrutar mejor de una buena vista de la luna llena, del oscilar de las olas y evitar la bandada de mosquitos que llegaban a la playa al principio de la noche. Dentro del peñero no había mucho espacio para los dos. Cuando se sentaron y estiraron sus piernas, las plantas de sus pies casi se tocaban. Tomasa sintió una sensación leve en su cuerpo; tenía mucho tiempo que no se encontraba cerca de un hombre. Con el balanceo del peñero, su pie izquierdo rozó el de Mero, pero no lo retiró, por el contrario, decidió disfrutar de esa estimulante prueba; abrió un poco las piernas y colocó su brazo suavemente sobre los muslos de Mero.

—Tengo ganas de ir al pueblo donde vive Marcela —dijo Tomasa—. Lo haré mañana temprano, cuando sea menor el chance de ser asaltada por los bravos y apoyados de la región. La mayoría de las veces a esas horas están durmiendo profundamente —luego preguntó—: Mero, ¿puedo quedarme aquí esta noche? Instantáneamente, ella movió sus manos en dirección de sus senos, tocándolos con suavidad y placer. Esperaba que Mero la deseara y alargara sus piernas hacia su "alcachofa dorada".

Al día siguiente, Tomasa despertó temprano y se lanzó al agua. En pocos minutos llegó a la orilla de la playa. Se instaló agachada a recoger "chipi-chipis", que se encuentran por montones en esas arenas blancas. Se acomodó debajo de una de las bellas palmeras, encendió una fogata y comenzó a hervir, en un cacharro, esos fenomenales mariscos con los cuales se hace un maravilloso caldo. No tenía ají dulce a mano; pero incluso así el consomé, hecho con la sal natural del agua de mar, le quedó exquisito.

Mientras descansaba sobre la arena, repasó el buen rato que vivió con Mero la noche anterior y consideró volver al peñero, pero, finalmente, decidió ir al pueblo donde vivía Marcela con su marido, Rafucho, el alcalde del pueblo. Él era una persona muy honesta que luchaba constantemente por proteger a los habitantes del poblado. Como alcalde no tenía contemplación con los invasores que amenazaban, diariamente, en bandas armadas a los nativos, especialmente a los trabajadores del campo. Había organizado una especie de bloque de protección contra los asaltantes para resguardar a la vecindad, mediante una serie de ordenanzas muy bien trazadas.

Mero despertó y en pocos minutos puso a andar el peñero «viento en popa y a toda vela», o sea, en la misma dirección del viento. Navegó todo el día hasta llegar al comienzo del lado sur de la isla, y se detuvo frente a Playa Ballena. Después de anclar, se lanzó al mar y nadó hasta la orilla.

Normalmente, al comienzo de la noche todavía estaba abierto el pequeño ranchito donde preparaban un delicioso pargo rociado con una salsa con rico sabor a ají dulce. Ordenó ese plato y mientras lo disfrutaba se acordó que la última vez que había estado en esa playa, hacía unos cuantos años, alquiló una hamaca que colgó entre dos palmeras.

Recordó precisamente a Alba, quien trabajaba en esa época en el ranchito, que en un día muy cálido le contó que Eustaquio, su hijo, "estuvo" con ella. Justamente, y como resultado de eso, nueve meses después nació Anabela. Se contentó con rememorar que él le indicó a Alba que se fuera a vivir junto con Anabela, su nieta, a Playa Pescador.

Esa noche se acostó solitario en la arena por unas buenas horas. En la madrugada, cuando el sol apareció, regresó a su peñero junto con unas ostras que le había dejado en un pote la nueva dueña del ranchito.

Durante un largo día continuó navegando la parte sur de la isla. Disfrutaba al oír el sonido suave de las olas y, acomodando la vela del bote para navegar sin motor, comenzó a cantar:

Oye, el cantar tiene sentido, tiene sentido; entendimiento y razón.

Allá en la tumba de un camposanto de llorar tanto perdí la voz.

Al comienzo de la noche se lanzó al mar y nadó hasta llegar a donde reventaban las olas y luego se hizo camino a la playa. Quería comer camarones y dormir en la casa sin techo, junto a la orilla, de su conocida amiga Valeria. Necesitaba un buen baño con agua dulce.

Valeria lo recibió, como siempre, con un fuerte abrazo y una palmada en la espalda.

—Allí está tu hamaca para que duermas bien esta noche y estés fresco para la reunión de mañana con los nativos —dijo e inmediatamente agregó—: Ya te traigo algunos camarones; siguen siendo los mejores de la isla. Dio media vuelta y se dirigió a la cocina.

Mero se levantó temprano, vio aparecer la mañana, caminó hacia la cocina para beber el café que preparaba cada día Valeria. Después se desnudó y se fue al mar. Llegó al peñero, se puso ropa limpia, prendió el motor, y empezó a navegar un rato buscando un buen sitio para lanzar la red. Quería pescar algo para que ella preparara al mediodía un sancocho. Cuando sacó la red del mar encontró un espléndido pargo y muchas estrellas de mar. *Hoy será un día largo; en la noche tendremos la reunión que hemos concertado*, pensó.

Un poco antes de que el sol desapareciera, empezaron a llegar los vecinos y comenzaron a sentarse en la arena de la playa, cerca de la casa de Valeria. Entre ellos estaba Fucho, que era un negociante de alimentos traídos de costa firme; Angélico, que vendía armas de fuego; Dupla, que trabajaba en el mercado de alimentos del pueblo y tenía un pequeño carrito donde preparaba sus famosas empanadas de "cualquier cosa marina"; Remedios, que era la dueña de una farmacia con muy pocas medicinas; Cheo, que tenía una cisterna para repartir agua una vez por semana, claro, solo si le pagaban el encargo por adelantado; y Médico Incierto, que era el jefe del pequeño hospital municipal, que era gratis pero nada eficiente y que algunas veces parecía simplemente un sitio abandonado por la comunidad. Hoy no podía venir Cerveza Impasible, estaba muy ocupado trabajando en la alcaldía en la organización de la policía, porque ya venían los días de vacaciones de Semana Santa. Todos saludaron con gran aprecio a Valeria y a Mero.

Tres horas duró la reunión, compartieron buenos tragos de cerveza y, al final, el sancocho preparado por Valeria. La principal idea era la de organizar un grupo para la defensa y seguridad de la playa. Angélico estaría encargado de coordinarla y Dupla de distribuir boletines con propaganda sobre el grupo, todavía sin nombre. Una semana después, Dupla estaba repartiendo el primer boletín, donde se hablaba de la inseguridad, la salud y la angustia acumulada que tenían los habitantes por estas causas.

Al levantarse el sol, al día siguiente de la reunión, Mero preparaba su viaje por el mar a lo largo de la parte oeste de la isla. Valeria, desde la puerta de su casa sin techo, le gritó:

—Hace algún tiempo pasó por aquí tu hijo y me dijo que volvería pronto.

El sábado por la mañana empezaron a llegar algunos turistas que venían de tierra firme. Los lancheros hacían el trabajo por muy poco dinero y llevaban a los turistas a los quioscos donde había posibilidad de comer bien y de tenderse en las tumbonas, colocadas debajo de las numerosas palmeras. Ellos eran presionados por funcionarios del gobierno a mantener precios muy bajos, a pesar de que les aumentaban los impuestos constantemente y, además, se burlaban llamándolos señores especuladores. Valeria pensó que sería una buena idea invitar a participar en la próxima reunión del grupo de nativos al jefe del equipo de lancheros, quizás esa sería una forma para que ellos se animaran a protestar públicamente por tanto abuso.

Para conversar y recoger algo de la comida que traía Fucho de tierra firme, se encontraron Valeria y Petra con él en la pequeña plaza del pueblo, cerca de la escuela municipal. Se sentaron en el banco que mira hacia el oeste, protegido por uno de los robles. Petra, como maestra de niños, era muy recatada y de ideas muy conservadoras. Fucho portaba un sombrerito de hojas de color verde. Trajo unas frutas pequeñas de color rojo, que tanto Petra como Valeria nunca habían visto en la isla

—Fucho: ¿Cómo llaman a estas frutas? —preguntaron ambas al mismo tiempo.

Petra, como de costumbre, quizás por su condición de docente, comenzó a decir:

—Aquí, en nuestra isla, tenemos cantidades de frutas nativas como el níspero, el jobo y la ciruela… ¿para qué queremos frutas distintas?

—Bueno, esta es una isla primitiva y ahora te presentas con esta fruta que dices llamarla fresa —dijo en voz alta Valeria—. Lo mejor es que yo haga jugos con ellas y comience a venderlos en el quiosco.

Una semana después llegó Eustaquio, el hijo de Mero a visitarla, la saludo con la emoción de siempre y le pidió que le diera una empanada de cazón, el "pescao" que más le gustaba, a pesar de su sabor fuerte a tiburón. Ella se la trajo rápidamente, acompañado con un jugo con mezcla de fresas, esto último sorprendió mucho al visitante.

—Es una nueva combinación —dijo Valeria—. Seguro te gustará. Ha sido de gran aceptación estos días de venta en la playa. Cuando termines de comer y beber, ve a la amplia hamaca colgada entre la segunda y tercera palmera a la izquierda del quiosco y reposa por un rato.

Valeria, luego de limpiar el quiosco, guardar las mesas redondas y recoger las tumbonas comenzó a preparar la mezcla preferida de los turistas y por su querido visitante: aguardiente con un poco de agua de coco. Con dos vasos de esa bebida se acercó a la hamaca, donde estaba él, ofreciéndole uno de ellos. Ella tenía puesto su traje de baño, mostrando sus doradas piernas y una parte superior muy descotada. Se sentó en la arena y comenzó a hablar con su amor de siempre, bebiendo muy despacio la deliciosa bebida. Él dijo, con voz dulzona:

—Ven, acomódate dentro de la hamaca, así la conversa será mucho más agradable.

Valeria no lo dudó y en un segundo estaba dentro de ella. Rodeaba al visitante con sus brazos, colocaba el pecho muy cerca de su cara y después lo besaba intensamente.

Comenzó a sentirse muy excitada y muy mojada en su "pepitona dorada", Eustaquio lo entendió perfectamente, la besó y la apretó con fuerza —la quería harto— unos meses después nació Sabine.

Cuando despertó Valeria, todavía su amante estaba en la hamaca y ella le preguntó:

—¿Qué forma tiene la isla? Yo me la imagino ovalada y más larga en la dirección norte-sur ¿Es así?

—Sí, por eso la llaman Isla Ovalada —respondió.

—¿Cómo la recorres? ¿Cómo llegas hasta la casa de Mero en Playa Pescador?

—Algún día, cuando me canse de caminar por mis senderos, te respondo.

Entonces, ella se despidió y se fue a arreglar el quiosco para la rutina de todos los días.

Eustaquio se marchó al comienzo de la noche, caminó por los senderos que él había ayudado a construir con sus pasos. Lo mejor sería ir a visitar a Rafucho y a Marcela, esto no le tomaría mucho tiempo, ya que la isla es muy corta en la dirección oeste-este. En el camino se encontró con muchos agricultores y todos se veían totalmente agotados, con un semblante rojo en la cara, como el color del jugo de fresa que le había servido Valeria.

En pocas horas llegó a la casa de Rafucho y le dijo:

—Oye, por los senderos me han repiqueteado los agricultores que hay un individuo prestando dinero, no sé para qué, y que deben pagarlo en menos de un año al triple de lo prestado. Pienso que a ese nivel no podrán hacer los pagos y terminarán, al final, pidiendo limosna para cumplir con el compromiso contraído. Me dicen que el prestamista se llama Angélico.

Al día siguiente continuó su andar por las salinas, por las veredas llenas de arena mojada de la playa; de día contando los pájaros azulejos que siempre reposan sobre los cactus y de noche contando las flores blancas. *En la próxima visita a Valeria, le comentaré mi preocupación por las acciones contra los agricultores por parte de Angélico, y le pediré que lo incite a eliminar sus actividades usureras*, pensó Eustaquio.

Mero, a pesar de su cuerpo musculoso, se sentía ya agotado y con una sensación de soledad muy fuerte. Recordaba a su hijo a cada minuto. Se preguntaba: *¿Por dónde andará?* El mar no estaba tranquilo sino más bien picado, las olas crecían rápidamente y el buen olor del mar había desaparecido. A pesar de que iba a motor prendido le era muy difícil la navegación, decidió seguir a vela y aprovechó el viento que soplaba en una dirección contraria al mar adentro. *¿Por qué hay tantas gaviotas hoy al mediodía? Ojalá el viento no estuviera tan fuerte y así podría pescar por un buen rato. Mejor hubiera sido no navegar en un día como este,* se dijo Mero. Pero continuaba su paso por el mar picado y pensaba que luchando y aprovechando las olas llegaría en la noche, por primera vez, frente a Playa Pescador, después de haber empezado su recorrido a lo largo del mar que rodea su isla. *¿Estará alguien conocido allí esperando a que aparezca?*, se preguntó Mero.

ÚLTIMO CAPÍTULO

En una playa de Isla Ovalada, algún día del siglo XXI

Comenzó a llover torrencialmente y los loros que sabían hablar en la casa de Playa Pescador decían: «¿Cómo será la tormenta mar adentro?». La abuela recogía los muebles de mimbre que siempre dejaban en el patio abierto y los resguardaba en la sala de la casa, donde se encontraba el único fonógrafo del pueblo. A lo lejos, en la cocina, Alba oía la música que la hacía sentir feliz mientras trozaba miles de ajíes dulces.

Las guacamayas revoloteaban entre los árboles, alegres por la lluvia que seguía cayendo. Las gallinas querían meterse dentro de la casa en vez de dentro de las hamacas colgadas en el patio, las cuales estaban sumamente mojadas por el agua de lluvia. Anabela le gritaba a Sabine: «Prepárate para cuando termine de llover, ir a la playa y recoger nuevas estrellas marinas».

La abuela, con más años encima que los bancos del pueblo o las rocas en el rompiente de las olas, estaba muy cansada y no quería oír más el sonido de la lluvia. Comenzó a llamar a todos los que estaban en la casa y les preguntaba si habían visto regresar a Mero.

Valeria, en el patio, aprovechaba el agua de lluvia para limpiarse el sucio de la cara y el agua de la salina. Recordaba el quiosco que había abandonado para venir a Playa Pescador. Vio pasar una gaviota y se preguntó, *¿dónde andará el visitante?*

Un poco después, Anabela, sentada sobre la fina arena, y Sabine, acostada en una hamaca de yute, disfrutaban de la puesta de sol en la nueva playa llamada Poraquí. Recién habían terminado de comer y se preguntaban quién era el dueño del comedero. En ese mismo momento, vieron venir caminando sobre la transparente arena, a lo largo de la orilla del mar, a un alcatraz acompañando a una persona que se veía con muchos años en los hombros, por lo menos ciento veinte. Era de regular estatura, con una piel blanca como la nieve, traía una estrella marina en la mano. Él, al verlas, inmediatamente les dijo en muy baja voz: «Soy el dueño del comedero y padre del visitante»; al mismo tiempo, el alcatraz levantó su vuelo hacia el farallón.